メアリー人形

ミカヅキカゲリ

その人形は、メアリー人形と呼ばれていた。筧《かけい》家に代々伝わるまるでほんとうに生きているかの様な愛らしい金髪の西洋人形。

由来はあまりあきらかではない。

江戸時代以前の中世のいずこかの時点で、交流のあった和蘭陀《オランダ》の商人から筧家の細君に贈られたものであったそうだ。

＊

はじめ、筧家の細君の所有に帰していたメアリー人形だったが、時代が下るに連れて筧家の姫君の雛《ひいな》人形へと、その役割を変えていった。そうして、さらに近代へと時代が下ると、雛《ひいな》人形から筧家の子どもたちの普段の遊びへと、メアリー人形は用いられるようになっていった。

＊

そして、今日。

メアリー人形の当代の持ち主は、いにしえの翻訳小説ならば「オールドミス」と称されるような娘だった。

名を筧月子と云った。

月子は今年三十九歳。不惑の大台を目前に控えていたが、とてもそうは見えなかった。せいぜい三十そこそこに見える。

長い癖のない黒髪を背中に長く垂らし、いつもカメオ付きのブラウスだとか、ドレープやフリルをたっぷりとったクラシカルなロングワンピース――

殆どドレスと呼んでも差し支えなさそうな、だとかを着ていた。
島——筧家は孤島にあるのだ、の住人たちは月子の服装の出処を訝《いぶか》しんでいたが、月子が後《のち》に語ったところによると、何のことはない、それらは首都圏にあるそう云った洋服の専門店——クラシカルロリィタファッションメゾン、からの通販なのだそうだ。

*

月子の母親は、華《はな》と云い、その名の通り、派手好きで軽薄な人物だった。島の単調な暮らしに飽き足らず、華は月子が二歳になる前に出奔《しゅっぽん》した。

筧家には、幼い月子とその父親・三十八歳の筧忠緒《ただお》が残された。

忠緒のぎこちない養育のもとではあったが、月子はすくすくと、しかも可憐に美しく育って行った。

*

忠緒の日記と月子自身が筆者に証言したところによると、月子は華が出奔したころから言葉を覚え、用いるようになっていったそうだ。

話し相手は、専らメアリー人形。

「わたくしが生まれてから一等初めに話した相手は、おそらくメアリー人形ですわ。そうでしょう、メアリー?」

メアリー人形を抱いて、筆者の面前に現れた筧月子は開口一番そう云った。尤《もっと》も筆者に向かって云ったのは前半だけで、後半は、どう贔屓目《ひいきめ》に見ても胸に抱いたメアリー人形に向かって月子は同意を求めた。

それから、もう一度筆者に向かって、月子は云った。

「ねっ」

筆者は動揺した。月子があまりに魅惑的なのとまるで「いまメアリー人形が同意して呉れたでしょ?」と云わんばかりの様子にひるんでしまったのだ。

動揺を気取られないように、幾分声を落として筆者は月子に尋ねた。

「あの、月子さん、」

「なんですの、ええとカズオ……さん? でよろしかったですよね?」

先程、一度挨拶をしたときは、メアリー人形の金髪を梳《くしけず》るのに童女のように夢中になってみえた月子はこちらの口上など、ろくすっぽ聞いていないに違いないと思いこんでいたため、唐突に自分の名前を呼ばれて筆者は狼狽《うろた》えた。

——いや、もう筆者はやめよう。

月子がぼくのことを俎上《そじょう》に上げた以上、顔のない第三者的呼称は相応《ふさわ》しくないだろう。

ぼくは狼狽《うろた》えた。

「はい、筧一緒《かけいかずお》です。聞いてたんですね」

「ふふ、わたくし、頭善いから」

思いがけない月子の返答にぼくが面食らっている隙に、月子は言葉を続けた。

「ふたつのことを同時にこなすなんてお手の物よ」

なかなか云う。月子は意外に天然なのかも知れない。

「ところで、一緒《いっしょ》と書いて一緒《かずお》って、ほんとう? できれば、由来が知りたいな」

月子が云い、その話題なら慣れたものなのでぼくは少しホッとした。

「なに、簡単なことですよ。月子さんとぼくの母親・華のふたりの夫、月子さんの父親である忠緒さんと、華が筧家を出奔した後内縁の夫として共に暮らした宮地一《みやじはじめ》から、それぞれ一字をとったそうです。ふたりの父親に肖ってるのよ、が母・華の口癖でした」

ぼくの話を月子は興味深そうに聞いていたが、やがて云った。

「華さんはユニークな方だったのね。まあわたくしの母親でもあるわけだけど」

「母の記憶は？」

尋ねたぼくに月子は頭《かぶり》を振った。

「それがまったくと云って善いほどないのよ。薄情なのかな、わたくし」

月子の物云いが幾分砕けたものになってきたのを感じ、ぼくはこの初対面の姉に少し親しみを覚えた。こんな大仰《おおぎょう》ななりをしているけど、このひとは案外素直でチャーミングなのかも知れない。

思わず、此処に来た本来の目的を忘れそうになったぼくは、慌てて気を引き締めて、次に云うべき言葉を探した。

「月子さん、メアリー人形のことですけど。先程、一番最初の話し相手だとおっしゃいましたよね？」

ぼくが筧家に乗り込んできたのは、口煩《くちうるさ》い親戚連に送り込まれたからだ。

ひと月前、忠緒が亡くなった。

あまりの奇怪さに発表は控えられたが、はっきり云って、怪死だった。

まず、死相が異常であった。恐怖、驚愕、苦痛、言葉にするならそのようなものが綯《な》い交《ま》ぜになったような表情。

次に、腹部に薔薇色の無数の薔薇文様の痣が浮かび上がっいた。

第三に、外傷がまったくと云っていいほどないにも関わらず、臓腑と云う臓腑がナイフで掻き混ぜたようにぐちゃぐちゃに損傷していた。

「月子さんはメアリー人形と話ができるんですか？」

第四に、筧月子が「父親を殺害したのはメアリー人形である」と証言しているのである。

「ええ」

月子が首肯《うなず》く。まるで、「そこになんの不思議がありまして？」とでも云わんばかりの軽い調子で。

「月子さんにはメアリー人形が云っていることが判るんですか？　その、ぼくには、メアリー人形の声が聞こえないもので」

自分の初めの質問があまりに突飛《とっぴ》に聞こえたため、ぼくは控えめにつけ足した。

「ええっ？　一緒《かずお》さん、聞こえないんですの？」

心底意外だと云ぅ風に、月子は尋ね返してくる。

「ええ、残念ながら」

云ぅと月子はさらに尋ねてきた。

「ほんとぅに？」

「はい、ぼくには、聞こえません」

応えながら、ぼくは訝《いぶか》しく感じた。月子にこれを告げたのは、おそらくぼくが最初の人間ではないだろうからだ。警察の人間は勿論告げただろうし、ぼくの前に覚家に乗り込んだ大阪の叔父も当然告げた筈《はず》だ。

「月子さん、他のひとにはメアリー人形の声が聞こえるんですか？」

ぼくは訊いてみた。

「それは判りませんわ。他の人間には、メアリー人形は言葉を発していないのですもの」

月子はそぅ応じた。

「では、ぼくに対しては、メアリー人形はなにか話して呉れているわけですか？」

ぼくはことの成り行きにいささか驚きながら、そぅ訊いてみた。驚いたのは、月子の口調が平静そのものだったからだ。

「ええ。どうやら、一緒《かずお》さんが気に入ったみたい。先程から煩《うるさ》いくらい話していますわ」

それから、月子はメアリー人形に向き直り、こぅ付け加えた。

「違うわよメアリー。煩いくらいは言葉の綾。煩いなんて、わたくし、思ってないって」

どうやら、メアリー人形が月子の発言にケチをつけたらしい。悪いとは思いつつ、ぼくは少し笑ってしまった。

そのときだった。記録用に卓子《テーブル》に置かせて貰っているICレコーダーがジジジとノイズを立てた。このノイズ……もしかして……？

ぼくは自分の仮説を確かめるべく、赤いICレコーダーを手に取った。

「ちょっと失礼」

ふたりに云ってから、ぼくはデータを少し巻き戻した。ぼくの仮説とはこうだ。ジジジ、と云うあのノイズ。あれはICレコーダーがメアリー人形の声を拾ったときに出るものではないだろうか？

再生してみると、仮説は当たっているようだった。イヤホンから聞こえてきたのは、次のようなやりとりだった。

「～から煩《うるさ》いくらい話していますわ」

月子の声が聞こえた。

「煩《うるさ》いとはあんまりな云い草《ぐさ》ぢゃないこと？」

普通に話しているときには聞こえなかった声が不服げに割り込んできた。

これがメアリー人形の声！　半信半疑ながらも、認めざるを得なかった。先程の会話ならまだ鮮明に覚えているからだ。

実はぼくが、筧家に乗り込んできたのは大阪の叔父の差金だ。メアリー人形と話ができると云う月子の精神鑑定を依頼されたのだ。ぼくは大学で精神科の准教授をしているからだ。

だが、どうやら精神鑑定をする必要はなさそうだ。メアリー人形は確かに話をする。

或いは、月子と話をする間に、ぼくの精神が急速に病んだのでなければ、だ。

ぼくはICレコーダーの録音スイッチを入れた。と、イヤホンから揶揄《からか》うような声が流れてきた。

「月子ー！　一緒《いっしょ》さんが失礼なことを考えてるわよ！」

メアリー人形の声だった。ぼくはぎょっとした。メアリー人形にはひとの考えが読めるのか？

「メアリー、一緒《いっしょ》さんは悪いわよ。一緒《かずお》さん、なんですの？」

月子がメアリー人形を窘《たしな》めてから、ぼくに尋ねる。

「いや、なんでもないですよ」

ぼくが応えたのをメアリー人形が遮《さえぎ》った。

「騙されちゃダメよ月子。一緒《いっしょ》さんたらね、」

「わーーー！」

さらに言葉を連ねようとするメアリー人形をぼくは慌てて遮《さえぎ》った。

「ふふふふ」

そんなぼくの様子にメアリー人形は笑みを漏らした。

「なんなの？　メアリーも気味が悪い」

月子ひとりが怪訝《けげん》そうな様子だ。

「一緒《いっしょ》さんとメアリーの秘密。ねっ」

メアリー人形がぼくに向かって云う。ぼくは急いで首肯《うなず》いた。

それにしても、メアリー人形の声は、なんと形容すべきだろうか。

ちょっと聞いただけでは、声優が演じる幼子《おさなご》のように高く可憐な声なのだが、メアリー人形の声には、それだけでは到底《とうてい》片づけられないような、得も云われぬ深みが加わっているようにぼくには感じられた。

*

月子の精神鑑定の必要はなくなったにせよ、ぼくにはまだ使命が残されていた。月子の父である忠緒の死の真相を月子の口から訊き出すこと。それが大阪の叔父から与えられた第二のミッションなのだ。

大阪の叔父も当然、訊き出す努力はしようとしたらしい。しかし、月子にけんもほろろにあしらわれてしまったそうだ。

「なんや、あの女。けったいな格好しよってからに。おまけに、あの妙ちくりんな人形！　兄貴の日記を持ち出すのがやっとやったわ～」

大阪の叔父は、云いながら、ぼくに忠緒の日記帳を手渡してきたが、ぼくの見たところ、日記帳は忠緒の死の真相を解き明かすのに、さして役立つようには思われなかった。

なんと云っても、日記帳の記述は華が出奔したことの衝撃に始まり、二十五年前の六月三十日の「明日で月子が十四歳になる」と云う記述で唐突に終わっていた。

この最後の記述こそが、

「あの女が兄貴になんかしよったちゅう、なによりの証拠や」

と日記帳を前に、大阪の叔父はまるで鬼の首でも獲ったかのように、ぼくに向かって力説した。

「そうですかね……」

とまるで気のない返事を返したぼくに、叔父は猛り狂った。

「なんや一緒《かずお》、違う云うんか？　ほな、お前の考えとやらを云うてみぃ」

ぼくは弱りながらも、おずおずと口を開いた。

「いや、ぼくにはこれと云った考えなんてないですけどね、さすがに二十五年も前の記述とひと月前の忠緒さんの死を結びつけるのは、無理がありすぎるでしょう、と思うだけですよ、」

叔父はそれでも尚も云い募る。

「せやかて一緒《かずお》、六月三十日云うたら、兄貴の死ぬ前の日やないけ！」

叫ぶ叔父に幾分呆れてしまい、冷ややかにぼくは応じた。

「二十五年も前の、ね」

叔父はさらに叫ぶ。

「なんや一緒《かずお》、お前、えらい冷たいな。仮にも、兄貴はお前の父親やないか！」

ぼくはだんだん、この叔父にまともに付き合っていることにうんざりしてきた。

一度も逢ったことのない義理の父親の死に実感が持てないからと云って、冷血漢《れいけつかん》扱いをされたのでは堪らない。ぼくだって一応、三年前に母の華が亡くなったときにはひとなみに泣いたのだ。

ぼくは叔父との不毛な会話を切り上げるべく、半ば強引に話を纏《まと》めた。

「判りましたよ、月子さんに逢ったらそのあたりのことをしっかり訊きますよ、『二十五年前の七月朔日《ついたち》になにがあったんですか？』って」

＊

ぼくは話のきっかけを探しデイバッグを弄《まさぐ》ると、忠緒の日記帳を出した。

古びた大学ノートを月子はもの珍しげに眺めた。月子のその反応から、半ば応えを予想しながらも、ぼくは一応尋ねてみる。

「月子さんはこのノートがなにか、ご存知ですか？」

「いいえ」

案の定、月子は知らないようだ。

「これは忠緒さんの日記帳です」

何気なく口にしたぼくのひと言に対して、月子は過剰なまでの反応を示した。

自分で自分を抱きしめるようにして小刻みに震えている。貌《かお》も蒼白だ。

突然のことにぼくはぎょっとした。

「月子さん？　月子さん、だいじょうぶですか？　いったいどうしたんですか？」

ぼくの呼びかけに、応じたのはしかし、メアリー人形だった。

「そんなに慌てなくても、月子ならだいじょうぶよ、一緒《いっしょ》さん。相変わらず忠緒関係の不意打ちに弱いだけ」

メアリー人形は気安く云うが、ぼくは気が気ではなかった。

「でも……、」

……と、月子が我に返ったように、弱々しい笑みを浮かべて口を開いた。

「メアリーの云うとおりよ、一緒《かずお》さん、わたくし、ただ、吃驚してしまったの」

幾分、掠《かす》れた声だった。月子はつづける。

「それに、なにか書いてあったら、と思うと怖くて……一緒《かずお》さん、お読みになりまして？」

月子にとって、忠緒の日記の何処にそんな恐れることがあると云うのだろう。

訝《いぶか》しく感じながらも、月子を安心させるべく、ぼくは云った。

「月子さんが心配するような記述など一切ありませんよ。殆ど一文だけの簡潔なものですし。第一、この日記は大変古いんです。華の出奔に始まり、二十五年前までで記述は途切れています」

此処まで云ったところで、大阪の叔父から与えられたミッションをぼくは思い出した。

それで、つけ加えた。

「より正確を期《き》すなら、二十五年前の六月三十日までです」

「二十五年前の六月三十日まで……」

月子が力なく繰り返した。衝撃を受けているように見受けられた。

ぼくは重ねて尋ねてみた。

「なにか、思い当たることでも……？」

月子は応えない。

代わりにイヤホンから聞こえてきたのは、メアリー人形の声だった。

「その訊き方は卑怯ってものだわ、一緒《いっしょ》さん。そんな遠回しにしないで真っ正面から訊くべきだと思うわ」

メアリー人形はそこでいったん言葉を切ってから、先程まで とはやや趣《おもむ》きの異なる声を出した。

その響きを耳にした瞬間、ぼくの全身の毛穴と云う毛穴がゾワリ、総毛《そうけ》立《だ》った。

ぼくは唐突に思い出した。

相手が、五百年だか六百年だか、とにかく悠久のときの流れの中を、生き抜いてきた永遠にも近しい存在である、と云うことを。

「ねぇ月子。一緒《いっしょ》さんたら、わたしたちにこう訊きに来たみたいよ」

メアリー人形は勿体ぶった口調で云った。

次に、メアリー人形が云うことは容易に想像がついた。大阪の叔父から託された『ミッション』について、言及するに違いない。

止めなければ！

ぼくは焦った。ぼくは既に、『ミッション』を放棄する決意を固めていたからだ。先程からの月子の憐れな取り乱しようが、ぼくに決意させたのだ。

ぼくには、いや何人《なんびと》たりとも、これ以上、このたおやかなひとを傷つけることは赦されない！

ぼくは奇妙にすとんとそう思ったのだ。感じたと云うほうが妥当かも知れない。

背景に、月子に急速に牽《ひ》かれて行っていると云う現実が厳然《げんぜん》と横たわっていることも、また事実だった。

*

しかし、ぼくの浅い恋心や焦りなどは、メアリー人形の悠久を前にしたら塵《ちり》ほどの価値も持たないらしい。ぼくの内心の変化だって当然読み取っている筈なのに、メアリー人形は意に介さなかった。

そして、当然のことながら、メアリー人形が声を出す仕組みひとつ判らないぼくに、メアリー人形を止めることなど不可能だった。

メアリー人形はついに、甘やかな睦言《むつごと》でもあるかのように艶めいた声で、禁断の問いを発した。

＊

「月子、二十五年前の七月朔日《ついたち》に、いったいなにがあったの？」

＊

メアリー人形がそう云い放った刹那《せつな》、月子は恐怖の表情を浮かべ、短く鋭い悲鳴を上げ、ソファに倒れ伏した。

「イヤッ！」

月子が弾みでソファから落ちかけ、

「月子さんっ！」

ぼくは急いで駆け寄ると、その躰《からだ》を抱え起こした。

「だいじょうぶですか？」

「一緒《かずお》さん……ありがとうございます……」

ぼくは月子を抱いた腕に力を込めた。ぼくを見上げた月子の眼差しがあまりに弱々しくてしっかり抱いていなければ、そのままくずおれてしまいそうに思えたから。

「申し訳ありません、月子さん。軽率にあんなものを持ち込んで。考えてみれば忠緒さんが亡くなって、まだひと月なんだ。配慮が足りませんでした」

謝ると月子はぶんぶん頸《くび》を振りながら、しがみついてきた。

「いいえ、いいえ。一緒《かずお》さんはなにも謝るようなことはしていないわ。……忠緒の日記についても訊くのは当然だわ……それをこんな風に取り乱して……ごめんなさい。でもお願い、いまだけこのままで居させてください……」

「月子さんがそれで落ち着けると云うなら……」

しばらく抱き合っていた。……と、イヤホンから冷ややかな皮肉が聞こえた。

「麗しい姉弟愛は結構だけどおふたり共なにかお忘れではなくて？　いつになったらメアリーを顧《かえり》みてくださるのかしら？」

「メアリー人形！」

ぼくたちは異口同音《いくどうおん》に叫ぶ。どうやら、メアリー人形は月子が倒れ伏したときに床に投げ出されたらしい。月子がメアリー人形を助け起こし、ソファに座らせる。

「ごめんなさい、メアリー」

「月子、愛しの一緒《いっしょ》さんに話す勇気は出たの？」

「ええ。……一緒《かずお》さん、妙な振る舞いばかりでごめんなさい。実は……ああどう話せば善いかしら？」

「月子さん、無理することはない。ぼくのことなら介意《かま》わない」

「いいえ一緒《かずお》さん、打ち明けさせて。……二十五年前の七月朔日《ついたち》はわたくしの十四歳の誕生日でした。その日に父、いやあんな悪魔、父親ではないわ……忠緒はわたくしをレイプした。それからも毎日のように……」

云うなり月子は泣き伏した。ぼくはあまりのことに呆然としつつも、月子のうすい肩を抱いた。そして、我知らずこう口走っていた。

「もう泣かないでください月子さん、死人を悪く思いたくはないが、忠緒はクズだ。あなたはたったひとりでよく耐えた」

「いいえ一緒《かずお》さん、いいえ……わたくしはひとりきりではありませんでしたわ。幾度となくメアリー人形が助けて呉れた。それどころか、大半、わたくしと入れ替わって、身代わりになって呉れた。忠緒を呪い殺して呉れたのもメアリー人形です」

ぼくはどう応じれば善いか判らず、月子の繊《ほそ》い黒髪を撫でつづけた。

「あなたはもうそんなことは忘れるべきだ。そうだ、こんな島は出て、ぼくの家でぼくと暮らしませんか？　勿論、あなたの大切なメアリー人形も、素敵なお洋服や靴も一緒に」

ぼくは、殆ど熱に浮かされたようになり、月子に囁いた。

「一緒《かずお》さん……」

月子はごくゆっくりと、ぼくの胸に頭を凭《もた》れさせかけてきた。その行動がぼくには、ぼくの誘いへの承諾の表明に思えた。愛しさと幸福感に満たされ、満ち足りた心持ちで、ぼくは腕の中の月子を感じていた。

＊

そうしているうちに、ぼくも月子も寝入ってしまったみたいだった。どのくらいの時間が経過したのだろうか……？

イヤホンから聞こえる声でぼくはふと目を覚ました。

「ゆえ、ゆえ、ねぇゆえったら、いつまでそうしてる気？　ずるいわよ、ゆえ」

メアリー人形の声ではないようだ。月子の声に似てるな……未覚醒の頭でぼくはふと思った。……と、腕の中の月子が目覚めたのか、もぞもぞと身動きをした。そして、なんと云うことだろう、メアリー人形の声で云った。

「なぁに、月子？」

ぼくはぎょっとして、腕の中の月子を見遣《みや》った。

月子はぱっちり眸《め》を開けていたが、その眸《め》がどうした光線の加減か、僅《わず》かながら紫がかって見えることが、ぼくの注意を引いた。

ぼくはすっかり動揺して月子の躰《からだ》を揺さぶった。

「どうしたんだ、月子さん。しっかりしてください」

「だからぁ、」

月子の姿をした月子ならざるものは、面倒臭そうに髪を掻きあげながらメアリー人形の声で云った。

「月子はいまはあっち」

そうして、ソファの上にちょこんと座っている本物のメアリー人形を指さした。

ぼくは、本格的に混乱をきたした。

「えっえっ……」

「だからぁ、いまのあたしは『ゆえ』なの。ちょっと月子、一緒《いっしょ》さんに説明してあげて」

イヤホンから月子の声が聞こえた。

「月子の月の中国語読みが『ゆえ』。忠緒からわたくしを守るためにメアリー人形がわたくしと入れ替わった状態が、ゆえ。ゆえはわたくしの身代わりになって呉れただけではなくて、忠緒に抱かれるたびにその精力を吸い、強くなって行った。そうして最後には精力を吸い尽くして、忠緒を呪い殺して呉れたわ」

「……月子さん」

信じ難い話だった。しかし、腕の中のゆえは紫がかった不思議な眸《ひとみ》でぼくを覗き込んできた。

「判った、一緒《かずお》さん？　月子を選ぶってことは、もれなくあたしたち、ゆえとメアリー人形も、引き受けることになってくるってわけ。覚悟は善くって？」

そう云ってにやりと笑うと、急にガクリと意識を失った。

「……！　月子さん！」

「月子ならだいじょうぶよ。ただ、少し眠ると思うわ。入れ替わったらいつもそうなの」

再び、イヤホンからはメアリー人形の声が聞こえるようになった。

「きみはほんとうに、メアリー人形なのか？」

ぼくは混乱した頭を少しでも整理しようと、人形に話しかけるなんて……と少し躊躇《ためら》いながらも、メアリー人形に訊いてみた。

「それに先刻《さっき》のゆえ。あれはほんとうにきみなのか？」

メアリー人形はクスクスと笑いはじめた。

「自分の眸《め》が信じられないみたいね、一緒《いっしょ》さん。先刻《さっき》から見聞きしたとおりよ」

そして再び、ぼくの全身を総毛立《そうけだ》たせたあの響きで付け加えた。

「ひとつ、特別に秘密を教えてあげる」

ぼくはその声にゾクリとした。

「メアリーは別に月子を助けた心算《つもり》はないの。メアリーが力を持って生き永らえるためには、定期的に生体エネルギーを摂取する必要があるの。忠緒がたまたま実の娘に欲情するような変態だったおかげで、メアリーはあの可哀想な月子を利用できたわけ。あっ、月子には内緒ね。メアリーと一緒さんの秘密にして頂戴」

メアリー人形がそんなことを云い、ぼくは驚愕《びっくり》して眠っている月子を眺めた。

それではあんまりではないか！

＊

「あれ？　……わたくし、」

月子が目覚めた。ぼくはこのひとをメアリー人形の呪縛《じゅばく》から解き放ってあげたい、と切に願ったが、その方策は一向に思いつかなかった。

ぼくはとりあえず、月子に話しかけた。

「月子さんっ！　月子さん、ぼくが判りますか？」

「一緒《かずお》さん……」

「そうです。ではあなたは月子さんなわけだ」

「どう云うこと？」

「先程のゆえは？　あなたは先程、ぼくに説明して呉れましたよね？」

「一緒《かずお》さんのおっしゃてることがわたくしにはよく判りませんわ、ごめんなさい」

月子が申し訳なさそうに云うのを聞き、ぼくは吃驚《びっくり》した。

「ほら、月子さんとメアリー人形が入れ替わったあいだのゆえですよ。月子さんはご存知の筈《はず》だ。それとも、記憶がありませんか？」

「メアリー人形と入れ替わってるあいだ、わたくしはなにも判らなくなりますの」

月子はしずかな声でそう応えた。

それではすべてがメアリー人形の差金なのか？

「そうですか……」

もしくは、月子の無意識のなせる業《わざ》か？

そんな疑いさえ、湧いてくる。そのくらい、先程からの出来事はぼくにとって、衝撃的だった。

＊

しかしいずれにせよ、ぼくには確信があった。自分はどうしようもなく月子に牽《ひ》かれている。

仮令《たとえ》、これがぼくの寿命を縮める禁断の恋だとしても。

二十五年後、忠緒と同じ運命がぼくを待ち受けていたとしても。

「月子さん、ぼくと生きてくださいませんか？」

「……はい」

月子の承諾を聞き、ぼくは水を注される前にと慌ててイヤホンをむしり取った——……。


（了）

奥付

発行日　2018 年 10 月 1 日

書名　廉価版メアリー人形

著者　ミカヅキカゲリ

発行者　†三日月少女革命†

印刷所　プリントパック

定価　900 円（税抜き）

ISBN978-4-909036-06-3

C0093 ¥900E